EL PESO DE UNA VIDA
Cuentos no leídos

EL PESO DE UNA VIDA
Cuentos no leídos

Teresa Cifuentes Plá

El peso de una vida. Cuentos no leídos

Copyright © 2012 Teresa Cifuentes Plá
Copyright © 2012 Portada: Rodrigo Guillén
Copyright © 2012 De esta edición. Eriginal Books

www.eriginalbooks.com
www.eriginalbooks.net

Edición: Lorenzo Lunar y Rebeca Murga

ISBN-13: 978-1-61370-000-6
Library of Congress Catalog Card Number: 2012952384

A la memoria de mis padres:
Faustino Rafael y América

TRES COSAS ME SON OCULTAS:
AÚN TAMPOCO SÉ LA CUARTA:

EL RASTRO DEL ÁGUILA EN EL AIRE;
EL RASTRO DE LA CULEBRA SOBRE LA PEÑA;
EL RASTRO DE LA NAVE EN MEDIO DEL MAR;
Y EL RASTRO DEL HOMBRE EN LA DONCELLA.

ANTIGUO TESTAMENTO – PROVERBIOS 30:18-19

ÍNDICE

Prólogo

La experiencia vital y la sensibilidad son dos de las materias que componen los cimientos de las buenas narraciones. Ese es el caso de los relatos que conforman este volumen: *El peso de una vida*, de Teresa Cifuentes Plá

Quizás en estos relatos gravite el peso de la vida de la autora: su propia vida, la de seres más o menos cercanos, o simplemente la imaginada para que el lector la sienta real y posible. El peso de una vida, o de muchas, distribuido en la piel de los personajes que habitan estos relatos; entes que confrontan sus mundos interiores con, contra y a pesar de la existencia que les rodea.

Con una permanente preocupación por el lenguaje, evitando constantemente la palabra común y la frase hecha, Teresa Cifuentes Plá compone estas historias que parten de lo cotidiano para ir a lo particular de cada uno de sus protagonistas.

Así destilan estas páginas historias familiares, cuando una anciana, incapaz de liberar con el paso del tiempo sus recuerdos dolorosos, conoce a una joven periodista que insiste en abrir la herida al visitar por primera vez el país de sus padres.

Historias del hombre de pueblo pequeño, mediante la experiencia de un tintorero en la universidad, una vez que pulsa el botón de su pequeña grabadora. O la historia de una misteriosa colección que cambiará el destino de dos fabricantes de cintos y zapatos.

Historias de fe y desilusiones, cuando se sabe la verdadera condición de una mujer que compra flores para sus difuntos o cuando un secreto fortalece la amistad de dos muchachas en ese pueblo con sabor a melcocha y a guarapo donde no todo es como se muestra.

Cuentos que nos comprometen con sus conflictos y hacen reflexionar acerca de la vida: la vida de sus personajes, la vida del que lee atrapado en la trampa de estos cuentos y la vida misma. Esa que, inevitablemente, debemos cargar por muy pesada que nos parezca.

Los editores

Cocodrilo

Al pasar frente al taller del zapatero, Amalia siempre viste una saya corta que le roza los glúteos. Él la contempla, con el deseo de confeccionarle las sandalias más elegantes del pueblo.

Moldován necesita una piel de calidad, con la que pocas veces ha trabajado. Una piel de cocodrilo como la usada para fabricarle las zapatillas al cura, acabado de llegar de África. Una piel que al zapatero le pareció parte de un pedazo mayor, tal vez guardado celosamente en la iglesia.

Edgardo, el talabartero, elabora cintos con este tipo de piel. A Moldován le preocupa que en cualquier momento el hombre decida fabricar zapatos con el mismo material; aunque es el mejor zapatero del lugar no tendría en tal caso cómo enfrentar la competencia.

También goza de reputación, pues ha ejercido el oficio en ocasiones y siempre con notable desempeño. Por eso Moldován no entiende las razones por las que el talabartero no tiene, al menos, una línea de zapatos hecha con piel de cocodrilo.

Debe visitarlo.

Tiene que salir de dudas.

—¿Cómo te van los negocios? —dice el zapatero al entrar al taller.

—Cada vez me va mejor —contesta Edgardo con cierta reverencia mientras deja a un lado una cartera a punto de terminar.

—Estás haciendo fortuna con la venta de los cintos.

—Me cayó del cielo.

—No me dejarás fuera, ¿verdad?

—Lo de los calzados te lo dejo a ti.

—¿Dónde compras ese tipo de cuero? —Moldován decide ir al grano—. ¿Por qué razón mantienes vivo mi negocio? No somos tan amigos como para que quieras protegerme.

—El cura es el dueño de las pieles —aclara Edgardo en un tono burlesco—. Él me encarga los trabajos a través del sacristán.

—¿Qué trabajos?

—El de los cintos. No me paga bien, pero con lo que sobra de los cueros produzco cierta cantidad para vender. El tipo es un tacaño; por eso no puedo fabricar zapatos, solo cintos. Tal vez con eso redimo mis pecados.

—¿Estamos hablando de un coleccionista de cintos?

—Capricho de cura —dice el talabartero y agrega curioso—: alguna vez tendré que visitar mi propia colección.

—Eso será cuando la noche sea propicia —apunta el zapatero y revela de algún modo sus propias intenciones.

—Sí, cuando caiga un mar de lluvia sobre las calles.

—Cuando la noche sea perfecta —corrobora Moldován.

A los pocos días, Moldován brinca el muro del patio y fuerza el portón, asustado al escuchar sus propios ruidos. Ya dentro de la iglesia sigue adelante, toma un pasillo con múltiples entradas, llega al fondo y abre la puerta de una habitación dividida por un tabique.

Escucha sonidos, voces que se tornan sílabas interminables para apagarse luego en gutural agonía. Al continuar sus pasos se siente perseguido y descubre a Edgardo. Con una señal le indica silencio y se detienen, pues la penumbra alcanza a confundirlos.

El zapatero tiene un mal presentimiento. Aguza el oído y advierte que lo que cree agonía es el gemido del goce.

Edgardo observa con los ojos atónitos cómo su colección de cintos cuelga de una de las paredes del tabique. Se acerca con cautela. Los nombres y los rostros minimizados de las mujeres del pueblo están en cada uno de los cintos de piel de cocodrilo que el sacerdote ha tallado con libidinosidad, pero falta el de la muchacha de las sayas cortas. El talabartero siente un escozor en su cuerpo y piensa que lo mejor es regresar; pero es solo un pensamiento tardío.

Se escuchan nombres, oraciones completas y hasta un sonido metálico. Moldován comprueba que en el bolsillo de su pantalón guarda la chaveta para cortar el pedazo de cuero.

Entonces el resplandor de la farola que ilumina la calle trasera de la iglesia penetra por la ventana del cuarto.

Sombra y luz envuelven las figuras desnudas. Amalia sostiene a la presa de brazos y pies amarrados que da la espalda al sacerdote, quien la golpea con el cinto. De frente a ella, el sacristán la espera sentado en la silla de astas abiertas y pico de águila hambrienta. El sacerdote la toma por los cabellos, una y otra vez, hasta que el rostro de la presa se pierde en las entrepiernas del sacristán.

Moldován siente vergüenza, humillación, sus maxilares se dilatan. Extrae del bolsillo la chaveta, la alza y el resplandor de la farola se refleja en ella. La aprieta con fuerza y se lanza sobre ellos.

El olor de la sangre y los gritos de la muerte atemorizan a Edgardo. El talabartero sale corriendo por los mismos pasadizos que lo condujeron hasta allí. Su rostro, pintura al fresco del horror, queda convencido de que nada vio, nada oyó, nada supo.

Aquella noche, bajo un cielo maldecido, cae una lluvia de estrellas sobre las calles del pueblo.

El final de la oruga

Tiene ella por nombre Flor y él es un extranjero en función diplomática. Ambos decidieron casarse aquel día de conmoción política. Las calles de La Habana estaban abarrotadas de militares y la confusión tropezaba, como pezuña en el asfalto.

Algunas copas se levantaron en aquel balcón para brindar por los novios. Un despliegue policial dio como resultado que se abriera la última botella de Champaña.

—Nos vamos. Thomas ha sido trasladado por la embajada de su país a Nueva York —comentó Flor y no pude contener las lágrimas, pues ella era para mí como una hermana.

—Mejor se queda usted a dormir aquí, no es prudente salir —me advirtió Thomas en perfecto español.

En aquella noche del mes de mayo se habían unido en el mismo cauce dos vertientes, Perú y el Mariel.

No pasó mucho tiempo antes de volvernos a encontrar. Ahora libres.

Flor había terminado un curso intensivo de inglés en New York. Tenía planeado marcharse a Europa, donde residía la familia de Thomas Grubel.

¡Cómo había cambiado mi amiga! Ya era una experta anfitriona, oficio que manejaba con soltura aquella mujer de belleza tropical y de gracia netamente antillana. Imagino que tanto Thomas como otros diplomáticos y políticos quedarían atrapados en la telaraña de piel tibia y sedosa de mi amiga.

Apenas coincidimos unos meses en New York cuando ya ellos volaban a Barbados y de allí se dirigían a casa de los Grubel, en Europa. De manera que les perdí el rastro, no supe más de Flor.

Seguí mi vida, trabajando duro como todos los que llegamos a un país extraño sin conocer el idioma. El frío y la nieve calaban mis huesos y la añoranza del sol se reflejaba cada mañana en mi ventana. Allá, a lo lejos, quedaba Miami, la capital del sol. Mi familia, los sentimientos encontrados y un cúmulo de pensamientos vividos, me tocaban más de cerca que aquellos blancos copos de nieve.

—No hay lágrimas para todo este dolor —me repetía Flor después de un largo viaje oceánico desde Lucerna, ciudad ubicada en la ribera de los Cuatro Cantones, a la puerta de entrada de la Suiza Central. Ella se sentía como un animal acorralado. Sus nervios estallaban de manera irracional. La humillación desgarraba aquel espíritu liberto. A cada palabra de su monólogo, yo no comprendía aún la llegada sorpresiva de mi amiga a los Estados Unidos, sola, en mi apartamento y sin Thomas.

Un baño de sales atenuó aquel volcán de insultos que caía como lava sobre la madre de Grubel.

Recuerdo cómo envuelta en una bata de fina seda roja, Flor suspiraba mientras bebía un *cointreau*, sentada junto a mi mesa redonda de pino barnizada color nogal, hecha para dos. Rememoraba cómo le hablaban en alemán, en francés y a veces ridiculizando su inglés.

—Esa mujer es un diablo cuando siente celos, una Yocasta —enfatizó indignada y tomó de un sorbo el final del *cointreau*—. Thomas es hijo único. Detesto a los hombres que callan cuando la madre habla. Él quiere divorciarse —subrayó— porque no quepo en aquellas gélidas montañas. Soy fuego, hija de donde desciende el cimarrón, y la madre bruja no permite tal estirpe; aunque ella conoce muy bien nuestras raíces, porque el gobierno cubano le otorgó a Thomas Grubel una invitación para que su viuda madre viniera con él a la isla.

El halo de luz matinal que entraba por mi ventana me despertó. Casi no había pegado los ojos en toda la noche. Me encontraba exhausta por la obsesión frustrante de Flor de haberlo tenido todo. Pero mi amiga seguía con su empeño de no firmar el divorcio, tenía la esperanza cifrada ahora en los ritos enajenantes y misteriosos de la religión Yoruba. ¡¿Qué no hizo?! ¡¿Qué no dejó de hacer?! Todo por persuadir a su amado al llamado de la reconciliación conyugal.

Pero el tiempo es trapiche que extrae y pulveriza el más hondo de los dolores.

Flor había aprendido a refrenar sus impulsos de mujer dominante y provocadora para poder convergir en aquel marco social donde se movía Thomas. También a dirigir con maestría su personalidad excitante en aquella pesadilla que representaba ella dentro de la familia de los Grubel.

Durante casi dos años, todos los fines de semana, nos reuníamos algunos amigos en el apartamento de Flor para disfrutar de una velada que, como de costumbre, ella sabía manejar de manera encantadora.

Aquel domingo, mientras estábamos celebrando los veinticinco años de Flor, una llamada cayó entre nosotros como una hojarasca otoñal. El señor Thomas Grubel viajaba a Nueva York y quería que Flor se encontrara con él en el aeropuerto Kennedy. Había reservado para la ocasión una suite en uno de los hoteles de la Gran Manzana.

La emoción en aquel rostro casi helénico de Flor iluminó sus ojos redondos y negros como la noche y con una gracia inigualable despeinó el trenzado moño de su abundante cabellera, que cayó sobre la tersura de su perfecto dorso, por donde se abrieron todas las puertas del cielo y el universo se arrodilló ante Dios.

Flor confiaba en su entereza para enfrentar aquel encuentro. Era una mujer que estaba hecha para afrontar cualquier desafío.

Acomodó en mis manos una fina copa oval, destapó una botella y un delicioso sabor a cereza mojó mis labios.

—Esto es algo especial —alegó con una sonrisa también muy especial—. Es el famoso Kirsch, el agua de vida nacional de Suiza.

Más tarde, un beso en mi mejilla marcó la despedida. Sentí un despliegue de presagios y como libélula asustada me fui a un vuelo que me llenó de dudas.

Escuché un suave toque en mi puerta. Escudriñé por la mirilla. Dos hombres de constitución corpulenta y de sobrio vestir me mostraban identificaciones de la Policía Federal. Mis rodillas no se detenían ni por un segundo en su temblor.

Aún con un escalofrío recorriendo mis huesos abrí la puerta. Ellos inquirían incisivamente, buscaban una inmediata respuesta. Uno me indicó con el dedo índice que me sentara en mi reclinable color marrón. Mis pupilas estaban fijas en aquellas fotos que mostraban dos cuerpos desnudos. Un cuerpo de mujer ensangrentado que yacía junto al del hombre.

Solo necesité un instante para posar mi mirada en aquella ventana que, como testigo, había participado en todos mis pensamientos y me corrió una lágrima por donde se escapó Dios.

Fue como una hermosa oruga que no llegó a ser mariposa.

El relevo

Aquella noche, Noemí realizaba el cambio de guardia cuando escuchó un ruido que ascendía desde lo alto del edificio y luego bajó para terminar en un golpe estrepitoso. Era el ascensor.

Trató de abrirlo, pero no pudo. Tras llamar al despachador de la compañía de seguridad, sintió pasos, trastabilleos y portazos constantes en los pisos de arriba. Su única alternativa fue subir por las escaleras de emergencia. Inició un recorrido por los primeros pisos y ya en el quinto algo le llamó la atención: de unas de las puertas pendía un lazo negro con la noticia del fallecimiento del Dr. Miur.

No lo podía creer. La pérdida del doctor Miur, especialista en enfermedades inmunológicas, la sepultó en un marasmo, pues ahora carecía de la tutela de su íncubo galeno para trasladar los exámenes confidenciales hasta el sexto piso.

Un escozor le recorrió el cuerpo, mientras en su celular sonaba el timbre y aparecía el nombre de Lorenzo Cassio.

«¿Qué hace este hombre patrullando los pasillos del sexto piso?», pensó indignada.

De nuevo escaleras arriba, hasta observar que la puerta de la suite 608 estaba abierta de par en par.

—¿Se encuentra alguien? —preguntó con voz firme y agregó—: Soy del cuerpo de seguridad del edificio.

La luz de su linterna paneó la habitación, en la que apenas se hallaba una mesa triangular con tres sillas y un monitor. Al fondo, un enrejado protegía la puerta que daba acceso a los documentos secretos de los pacientes. Noemí, convencida de que todo estaba en orden, desistía de su inspección cuando un remolino levantó en espiral el monitor. Aturdida, quiso regresar al lobby, pero sus piernas no reaccionaban y una sequedad en su garganta le impedía articular palabras.

Un golpe seco en la baldosa derribó la puerta trasera, y un viento blanco se desplazó por la habitación. Los expedientes se soldaron como rótulos a las paredes congeladas.

Noemí intentó alcanzar el celular, mas sus dedos estaban rígidos. La pérdida del sentido de orientación le hizo vomitar, y un olor pútrido le revolvió su estómago. En busca de exhumar sus propias culpas, unos espectros la rodeaban entre lamentaciones, en una atmósfera donde la desolación pertenecía a un mundo traumático.

Desde la parte trasera se escucharon unas voces ahuecadas. Eran el médico Miur y su asistente Lorenzo Cassio, unidos contra los espíritus que deambulaban por los corredores, reclamando justicia por sus padecimientos del VIH.

Unas bolas de escarchas quebrantaron el mármol rojizo del edificio, como el rayo cuando desciende sobre la tierra. Los cadáveres se fundieron en un balde de conciencia errónea.

Sombras en vuelo flanqueaban el umbral de la puerta principal del edificio.

—Malditos, fuera de aquí, fuera de mi existencia —exclamó Noemí al verlos.

—Eres un montón de cenizas en un cuerpo de mujer —respondieron las sombras.

—Soy guardia de seguridad, y siempre he velado el orden de este edificio.

—Cementada ya habitas en el tiempo.

—No, mi corazón es un jinete que cabalga a pelo entre los vivos.

—Ignoras tu designio, señora, muerta estás, y alguien espera.

—¿Quién osa venir por mí?

—El relevo.

Atrapados

Fue el último en terminar el trabajo en la **tintorería**. Cerró la puerta y se apresuró, pues el **reloj** marcaba las seis de la tarde y aún debía bañarse.

Necesitaba llegar temprano para acomodarse en una de las **butacas** de aquel salón con **olor** a libros, donde un **efluvio** del saber atraparía su **olfato**.

Subió al ómnibus que lo conduciría al lugar donde **las palabras** se subordinan a los **conceptos**, epitelio sensorial en el cual se intuye que algunos vienen de allá, de los rosales, de los jazmines, de los sotos del delirio; y hacen a los hombres mejores si la energía armoniza con **el pensamiento** humano.

El recinto de la **universidad** estaba repleto. El joven extrajo del bolsillo de su chaqueta una **grabadora** para salvaguardar las historias de aquellos viajeros.

La mayoría de los que estaban en el público eran jóvenes. El tintorero, con su despeinada barba rojiza y su cabellera recogida en forma de cola, se hizo el desentendido y se sentó en el suelo, cerca del proscenio, porque era el sitio por excelencia para grabar con toda nitidez a los conferencistas. Con la ansiedad de un drogadicto, el tintorero pulsó el botón de su grabadora.

Los invitados desplegaban como luces pirotécnicas el arte conceptual. Querían persuadir a los que se resistían a la idea de la existencia del holograma, a ver que hay cielos despejados, bosques llenos de árboles con hojas tornasoladas y una tierra sapiente que reclama justicia.

Se escucharon fecundos elogios al pensamiento como idioma universal. Resonaron aplausos con toques de clarines y se abrieron los brazos a la lengua madre para no romperla en pedazos.

Afuera se escuchó una explosión producida por las bocinas de los carros policiales. El **muchacho** se levantó con premura y vio cómo pululaban los agentes del orden, en furiosos ataques programados para gritar, insultar y lanzar vómitos de ácido fórmico contra **las paredes** del edificio universitario.

El espíritu cultural no se opacó por lo que ocurría en las calles, en las aceras, en los estanquillos callejeros, en los cintillos lumínicos de las grandes avenidas. El tintorero regresó a su duro **asiento**, como si quisiera olvidarse de la **escaramuza** militar.

—¿**Señora**? —preguntó dirigiéndose a la única mujer conferencista—. ¿Puede usted decirme cuándo comenzó a escribir sobre este tema?

—¿De verdad quieres saberlo? —contestó ella con dulce voz.

—Sí, a pesar de ser una pregunta trillada.

—Bien, pero antes dime cómo te **llamas**.

—Carvurretto, señora.

—¡Carvurretto dices! —exclamó asombrada la mujer—. Singular nombre llevas, muchacho.

—Así es, señora Orionla.

—¿Qué estudias, Carvurretto?

—No, no estudio, trabajo en una tintorería, pero me agrada oír cómo ustedes enarbolan himnos al conocimiento del arte literario, a la **hipnosis** en la medicina contemporánea y al mejoramiento de nuestro planeta, que se halla grave, potencialmente enfermo por el estrato de esta sociedad que gusta desollarlo.

—Abre bien los ojos y oídos, Carvurretto, y presta atención a mis palabras —aseveró la mujer y el joven reparó en sus abultados pómulos—. Habrá guerra, odio, seducción, fenómenos científicos y paranormales que llenarán de mala sangre a los cromosomas, que morirán poco a poco hasta sepultar genéticamente a las células durante su **mitosis**. Nos rodean, nos acorralan las tropas especiales del gobierno, somos para su miopía unos **animales raros**. Esa multitud que afuera nos mutila, aullando por los altavoces por nuestro arribo a este **planeta Tierra** sujeto a leyes irracionales, ha hecho que emerjan de las aguas turbulentas y de los agujeros negros las trombas marinas que como depredadoras de la humanidad amenazan con ahogar a este universo. Existe un espacio-tiempo entre el hombre y los que aspiramos a ayudar a crear la **especie** evolutiva. Y del alma y la conciencia del ser, la vida....

Entonces el aula magna fue secuestrada por rostros acerados, con bocas y brazos tubulares.

—¡Al suelo! —la orden del mayor se dirigió a los conferencistas, quienes, como grandes nadadores, se tiraron en aquella plataforma sólida y fría.

La señora Orionla quedó tan cerca de Carvurretto que podía sentir su respiración. Los otros dos hombres, Bismuto y Escarpos, fijaron sus miradas en el cielo raso; adustos y cetrinos humanoides de entonces que ya reflejaban el contorno alienígeno de su especie.

Los militares desgarraron los bolsillos de los pantalones y camisas de aquellos disertantes, pues necesitaban encontrar los transmisores del virus. Conocido por los humanos con el nombre de Conocimientos Galácticos del Cosmos, el virus era un peligro inminente para la nueva disciplina mundial.

—¡De pie, todos de pie! —vociferó el hombre de la escafandra negra, rastreó el rifle y con su lengua viscosa lamió el eco de sus palabras.

El bochorno de la tarde caía sobre el edificio. Era un manto de grietas por el cual atravesaban vertiginosamente los fotones, que atrapaban en espiral a cada uno de los cuerpos en el proscenio.

La figura del tintorero se alargaba, se engrandecía, víctima de una succión de tejidos orgánicos, de un escozor en sus ondas cerebrales. En una reacción bioquímica soltó el amarre de su cabellera rojiza y quedó preso de un sueño inducido por seres extraños.

—Han huido todos —afirmaba angustiado Carvurretto en un lenguaje casi imperceptible al oído humano.

Tras las órdenes del hombre de la escafandra negra, los visitantes, invitados, decanos y el rector universitario habían abandonado el local. Es el síndrome del pánico que infesta sus mentes, los aniquila, los destruye. Es el gran miedo, la antítesis del amor.

—Declinen sus egos, sus ambiciones, su poderío —manifestaba Carvurretto con actitud febril desde su grabadora—. Terrenales, no conviertan a esta sagrada y bendita Tierra en un gran ataúd. Salven al Planeta Azul.

Como sombra en el camino

—¿Le molestaría si le regalo estas flores para sus difuntos?

Al levantar la vista descubrí **unos ojos** de párpados caídos, vencidos ya por **el tiempo**, que pertenecían a un anciano de cuerpo enjuto y barba cana.

—¡No, no temas! —exclamó con voz gangosa—. Vengo de muy lejos en busca de refugio. Estoy perdido.

Sentí en mi abdomen una sensación espasmódica al escuchar aquella defectuosa fonación. Respiré hondo al ver cómo sus piernas se inclinaban sobre la lápida, mientras depositaba el ramo de rosas blancas para luego desaparecer.

Tomé de prisa el auto y me dirigí a la oficina del doctor González, quien me esperaba para mi evaluación anual.

Ya en el consultorio le hice saber a la enfermera el porqué de mi tardanza. Después me acomodé en uno de los sofás de la sala de espera y tomé de una mesita el periódico local. En primera plana, el titular del suicidio de un ex sacerdote católico y un breve resumen sobre las causas del móvil. Un escalofrío recorrió todo mi ser y entré de lleno en la lectura.

Leía, pero el subconsciente me traicionaba, se escabullía en sensaciones olfatorias que llenaban el recinto de un olor peculiar, como cuando en un ingenio se muele la caña de azúcar, dulce y melosa.

Pensaba en Taracho, donde los amaneceres eran como en ningún otro pueblo del central, porque el sol brillaba como los ojos de los enamorados y en las noches de luna llena las palmeras y los cocoteros se reflejaban sobre el camino que conducía al batey.

Solo tenía **catorce años**. Mis paseos se limitaban a montar bicicleta alrededor de **las barracas** de los haitianos cortadores de caña, y a empinar **papalotes** en los **placeres** yermos donde nos reuníamos el grupo de **muchachos** para sentir el regocijo de ver cómo se iba a bolina algún **papalote**. Todavía recuerdo cómo desaparecía entre las **dos torres** del coloso central cuando el hilo encerado que lo sujetaba era cortado por el otro papalote con una cuchilla al final de la cola.

Junto a mí se encontraba Arnaldo, con sus espejuelitos redondos que rectificaban su mirada extraviada.

—¿Sabes? Mi padre me ha regalado un proyector de película y quiero que seas tú una de mis actrices —dijo y luego se ruborizó ante mi risa.

Al día siguiente teníamos el primer encuentro en su casa para la lectura del guion, pues el rodaje del **filme** estaba por comenzar. El lugar era espacioso y pulcramente limpio. Sobre una mesa de caoba había una bandeja con golosinas y unos vasos sudorosos que mostraban una rica limonada que la madre de Arnaldo nos había preparado. **Adriana** y **Osvaldo Luís** se sentaron sobre un cojín rojo que estaba en el suelo. Adriana, mi amiga, era un año mayor que yo, y Osvaldo, el gallardo del grupo, era de la edad de Arnaldo, que rozaba los dieciséis años.

Un sobresalto me hizo volver a mi lectura; la enfermera del doctor llamaba a uno de los pacientes en la sala de espera.

Me levanté del sofá y me refugié en una de las butacas esquinadas. Desde allí era más fácil reflexionar sobre el caso del ex sacerdote, conflicto que yo seguía con **ansiedad**.

Caí nuevamente en éxtasis, regresé al ambiente pueblerino con aroma y **sabor** a melcocha y guarapo.

Varios escenarios llenarían la trama del filme escrito por Arnaldo **Santos**. Mi personaje era María.

Ella huía por el bosque de Taracho, trenzado de altos pinos, alguna que otra ceiba, ciguaraya y caña brava. Era perseguida por el perverso Arístides, figura que encarnaba Arnaldo. Arístides quería conseguir el amor de la joven a cualquier precio, pero como a toda alma casta y pura, a ella la salvaba el héroe Ernesto, interpretado por el gallardo del grupo, Osvaldo Luís. Con sus puños de acero, Ernesto destrozaría el rostro de Arístides, que escapaba como ánima del purgatorio sin poder conseguir sus intenciones con María, la rubia de ojos como cielo despejado de sombras.

En el rol de Caridad, la hermosa y voluptuosa Adriana. Ella, más que andar, flotaba y agitaba sus caderas, pero Ernesto, el Osvaldo Luís de la historia, solo tenía ojos para su ingenua María. Los celos corrompían a la bella y sensual Caridad.

El otro escenario fue la iglesia del batey. Pequeña, algo desvencijada por el tiempo pero de ambiente acogedor para sus fieles parroquianos.

El campanario, con su vieja torre, tenía acceso a una escalera de caracol por donde se subía sobre peldaños de hierro, que rechinaban como las casas de las brujas en los cuentos de hadas. Allí Adriana, en el papel de Caridad, debía intentar que María se alejara de Ernesto, mediante la amenaza de tirarse desde el campanario y hacer tañer las campanas.

Adriana y yo acudimos muchas veces a este lugar para preparar el montaje de nuestra escena. Siempre fuimos acompañadas por el sacerdote Rolando Guarín, de la parroquia de Los Santos, ya que por las condiciones precarias en que se encontraba la escalera y su responsabilidad como sacerdote, nos cuidaba en aquella incursión juvenil donde todos pretendíamos imitar a famosos artistas de Hollywood.

Ya en la cúspide del campanario ensayábamos cómo Caridad intentaba suicidarse. Aunque Arnaldo como director del filme aseguraba que aquel era el sitio más propicio para el logro de su trabajo, el olor a humedad y a los nidos que construían las palomas nos hacían sentir cansadas con el aquelarre.

Aquel día lloviznaba. Nos encontrábamos listas para ejecutar el fin de aquella odisea, pero el intelectual miope del director no aparecía y solo teníamos la compañía del cura Rolando, que nos contaba pasajes religiosos mezclados a su vida sacerdotal. Tratamos de regresar a nuestras casas, pero el aguacero arreció y los rayos iluminaban el cobertizo.

El calor y el vapor eran insoportables. Quisimos bajar para estar más cómodas en la capilla mayor cuando, para sorpresa de ambas, el sacerdote cerró la puerta de entrada y le puso el pestillo.

Una cuerda llena de excremento de palomas apretó mis muñecas. Una bofetada desplomó a Adriana a mi lado. Después escuché cómo la respiración lasciva del clérigo Guarín sellaba el estupro en el cuerpo de mi amiga que, en un desgarrador gemido, cortó el arrullo de las palomas.

¡Aquel hombre de dicción nasal, actitud relajada y dulce rostro había sufrido una metamorfosis!

En un abrazo, Adriana y yo nos juramos silencio eterno.

Taracho tuvo un nuevo capellán. Nunca supimos más de aquel pederasta, aunque la comidilla del batey era que había colgado los hábitos sacerdotales para dedicarse a ser misionero en tierras lejanas e inhóspitas.

Otro suceso se comentaba bajito por las esquinas de las calles empedradas de Taracho. Un movimiento revolucionario se gestaba en todo el país, se hablaba de alzados en las montañas y que el gobierno del general ya no podía controlar a aquel grupo de jóvenes febriles que enarbolaban una consigna de Patria o Muerte.

Bien entrada la noche, Adriana irrumpió en mi casa con dos muchachos que portaban rifles colgados al hombro.

—¿Qué ocurre? —pregunté asombrada.

—Me alzo en armas —me afirmó con voz autoritaria.

—¿Qué dices? ¡Estás loca! ¿Acaso no has pensado en tus padres?

—Estoy dispuesta a todo.

—Podrían matarte esos esbirros uniformados.

—Estoy dispuesta a todo y no dispongo de mucho tiempo. Amiga, algún día nos volveremos a encontrar —concluyó.

Entonces me acerqué a ella y le susurré al oído:

—A donde quiera que vayamos nos seguirá nuestro silencio como sombra en el camino.

—Además —aseguró Adriana y levantó el rifle con un gesto de complicidad que solo yo pude percibir— está enterrado para siempre.

Se habían convertido aquellos tiempos en un verdadero auge de actividades subversivas. Eran años complejos y el grupo de muchachos tomó rumbos distintos.

Arnaldo y su familia dejaron el pueblo, se trasladaron a la capital, donde el miope intelectual estudiaría periodismo. Años más tarde residiría en Alemania.

Osvaldo Luís siguió incontrolable en su machismo, perdido en las madrugadas de parrandas. Una noche, en un acto de desperdiciada hombría, se jugó en la ruleta rusa a una mujerzuela de faldas fáciles. El 16 de agosto de 1957 las campanas de la iglesia de Taracho tañeron por el gallardo que una vez interpretó a Ernesto, el guapo de aquel filme que nunca realizamos.

Antes de marcharme a Estados Unidos recorrí el batey de mi central azucarero; pero ya vivía otra gente y solo tuve imágenes distorsionadas de mi realidad. Nada me pertenecía, solo aquel olor peculiar de Taracho me acompañaría por el resto de mis días.

Sentí que todo a mi alrededor me daba vueltas y alcancé a escuchar la voz de la enfermera:

—Ya vuelve en sí, doctor.

Al despertar totalmente, vi que descansaba sobre una camilla ubicada en uno de los cubículos del consultorio. Entre mis manos aprisionaba aún el periódico.

El doctor insistió en mis cuidados, porque una recaída como la que había tenido ese día era peligrosa para mi salud mental. Abandoné la camilla y tomé la receta que el doctor González me entregaba.

—Deja usted su periódico, señora Isabel Apriles —formuló la asistente y se dirigió al galeno con una sonrisa—: ¿Cree usted en apariciones, doctor?

¿Qué había ocurrido durante mi desmayo? Desconcertada, no lo pensé dos veces. Encaminé vertiginosamente mis pasos hacia la puerta de salida y abandoné el lugar.

El columpio

Una vez más Ana Pilar Larreau compró flores para sus difuntos. Era el aniversario de la muerte de su prima Delia.

El viejo Julián, como en otras ocasiones, eligió las mejores gardenias. En su actitud de caballero brotaba un cariño especial, un respeto casi místico por aquella mujer de digna madurez.

—Ya no te queda nadie para llevarle flores —precisó mientras le acomodaba las gardenias entre los brazos.

—Solo los recuerdos.

—… y con esa energía de quien nunca va a morir —Julián ponderaba el hecho de que ella sobreviviera sola—. Aquí tienes a un amigo, un ser que vela por ti desde que quedaste desamparada, un hombre necesitado de una mujer como tú.

Julián calló de pronto, asustado por su confesión; pero Ana Pilar no pareció sorprendida pues lo sospechaba desde el día de la muerte de su madre, cuando él cerró su venta de flores para unirse a su pena.

Antes que Julián retomara sus palabras, ella buscó el modo de contar su historia.

Una ventisca abrió el portón para enjaular la tarde en la cochera donde un columpio pendía, aburrido, sujeto al techo de hormigón.

—Ven, siéntate y balancea tu cuerpo como yo —dijo Delia.

—¿Cómo? si casi no quepo en esta tabla —respondió Ana Pilar.

Ella vio cómo su prima Delia volaba desde adentro del cobertizo hasta rozar en el exterior con las mecedoras, donde tejían su abuela y la comadre. Tejían como arañas, y las bolas de estambres rodaban hasta engarzar las agujetas.

Ana Pilar subió al columpio que dejó libre su prima y la imitó, balanceándose.

El columpio subía y bajaba a un ritmo isócrono en aquel tablón con manchas de cera. Su falda acampanada parecía una sombrilla en el aire.

"Si mi madre me viera", pensó mientras impulsaba al máximo el columpio, entre sollozos.

—¿Por qué tanto lloriqueo? —preguntó la comadre.

—Ella llora por gusto. No quiere volver al colegio, la casa es su sitio preferido —fundamentó la abuela.

—Pero si todavía es una niña, para qué separarla de la familia —replicó la comadre.

—Hay que enseñarle desde pequeña los conceptos religiosos y las buenas costumbres —dijo la abuela mientras engarzaba la hebra.

Ana Pilar danzaba con la libertad de un águila en su espacio vital.

—Arácnidas, pongan atención a mis palabras —vociferó desde lo alto con pícara inocencia—. La Madre Superiora del colegio acaricia con sus dedos los muslos velludos de los trabajadores, y ellos disfrutan del juego.

Al descender, sus pies impulsaron nuevamente el columpio, en busca de acercarse al cielo raso.

—¡Y qué me dicen de la monja Cris! —prosiguió en alta voz—. Me persigue con el pretexto de asearme mis partes íntimas, pues asegura que no huelen bien.

—¿Estás oyendo eso, Lucrecia, todo lo que nos cuenta tu nieta?

—¡Pero le vas a creer a esa muchachita que se pasa las santas horas del día inventando cosas. ¡Y qué cosas, Santo Dios! —respondió la abuela y las dos se persignaron.

—¿Entonces por eso llora y escandaliza tanto? —comentó la comadre.

—Su rebeldía es una insolencia, hay que combatirla y dónde mejor que en un colegio religioso.

Julián interrumpió a su Ana Pilar.

—¿Que pasó contigo en el colegio?

—Lo peor, amigo mío.

La mujer suspiró profundamente y el perfume de las gardenias avivó sus recuerdos.

—Fue corta la distancia y largas las horas —confesó mientras sacaba de su bolso un pequeño espejo que le devolvió su imagen en la luna azogada—. Payasos que peinan canas y estremecen tumbas. Después, no hubo tiempo.

Ese lenguaje despertó en Julián al joven de antaño. Destilando la agonía de aquellas palabras, rememoró el verbo de su padre: "La valentía no radica en la capacidad del cuerpo, sino en la integridad y la fe en sí mismo".

—¿Sabes algo, amigo mío? Hoy cumplo años.

—Frente a la belleza de damas como usted la edad desaparece, no así en mi naturaleza septuagenaria.

—¿Cuántos crees que cumplo, mi sabio Julián?

—¿Cuántos cumples, mi hermosa Ana Pilar? —preguntó, mientras se sonrojaba con idéntico tono al del sol recién nacido.

—Diez años de vivir por estos lares.

Agenda de viaje

Una señora comenta que le disgustan los asientos junto a las ventanillas porque la sensación de contemplar el vacío le produce vértigos. Como la joven siente el placer de dominar el espacio bajo sus pies, el cambio de asientos se hace sin dificultad.

Más tarde, acomodada en el lobby del aeropuerto, la joven pide un taxi que la lleve al hotel.

Dentro del auto, observa por el cristal delantero a una mujer alta, de pelo teñido para disimular el paso del tiempo. Es la señora que la acompañó en el avión y que bien puede ser su abuela.

Perdida en sus pasos, la anciana lleva con esfuerzo la valija.

La joven advierte en ella la angustia de

quien busca lo que tarda. La invita a subir al auto y un gesto de cansancio se fuga de la constitución anoréxica de la anciana.

—¡Gracias...! —dice mientras se acomoda en la parte trasera del carro.

Un rictus escapa de su boca, como una sentencia destinada a cambiar la agenda de su viaje a San Isidro el Labrador, el mismo país de los padres de esta joven que ahora desea conocerlo.

—Ciudad que persigue remedios pletóricos de esperanzas —precisa la anciana con la madurez de quien ha vivido mucho—. Olas que rompen mudas en los acantilados, donde tantas veces me senté a contemplar el otro costado del mundo —continúa, más para ella que para la muchacha—. Muro donde tantas veces me senté a soñar cómo los acantilados susurraban desde las profundidades del mar la palabra "libertad".

Por un momento, las dos observan el malecón que separa al océano desconso-

lado de una avenida de espigadas palmeras por donde circula el tránsito.

—Mírame —prosigue la mujer— cómplice
de un sol que quema el reflejo de esta
imagen.

El soliloquio de la anciana alimenta el
atardecer de aquel 12 de mayo.

Los secuaces del Municipio del pueblo le
habían prohibido a José María de las
Vacas su participación en la Fiesta
Popular, que así le llamaba el gobierno de
ese país a la celebración anual; pero el
hombre manifestaba siempre su protesta a
toda voz, desde el santuario de la
parroquia hasta los rincones más lejanos
de la región. Allí, donde aún insistían en
llamarle a la celebración por su verdadero
nombre, Fiestas Tradicionales, cada 12 de
mayo se paseaba entre alabanzas
religiosas la imagen de san Isidro el
Labrador.

Así recorría el santo patrono algunas
calles del pueblo, en hombros de los

jóvenes parroquianos, en solemne procesión y a pesar de las represiones policiales. A la caída de la tarde se escuchaban las guitarras, hasta que el tropel de botas las obligaba a callar.

La chica visitante pone en marcha su destreza periodística. Con ojo avizor, capta los hechos que para ella resultan acontecimientos nuevos.

De pie, en el umbral de la puerta carcomida por la tristeza, Casimiro se colocó en la cabeza sus manos encallecidas.

—¡Se lo llevan! ¡Se lo llevan de nuevo para la Delegación esos mal nacidos! —gritaba desesperado.

—¡Por Dios santo, Casimiro! Cierra tu boca sucia que pueden oírte —suplicaba su mujer mientras lo empujaba para que entrara a la casa.

—Déjame, Olegaria, déjame —vociferaba de cólera aquel hombre raído de impotencia—. José María de las Vacas es nuestro hijo. Macho fuerte como el jiquí, fértil como la tierra, y ahora será pasto de esas carroñas militares.

El amo fratricida patea la puerta y en sus caninos belfos carga la presa.

En silencio Olegaria intentó encerrar en su lacerado cuerpo su aflicción de madre, pero su garganta se quebró al ver a su hijo entre los dos policías que lo arrastraban:

Cierra la puerta, Casimiro,
decía.
Ciérrame esa puerta impía,
que se lleva a mi hijo
la policía.
Casimiro, cierra la puerta,
decía,
a esta plaga de vampiros
que se da en tierra baldía.

Ven y engendra,
Casimiro, desde mi vientre;
pendón rojo, azul y blanco,
con una estrella,

que haga luz
en el fondo de este barranco,
pues ronda La Medusa, puerta por
puerta,
con tentáculos fieros en la cabeza.

Cierra la puerta, Casimiro,
decía,
que se llevan a nuestros hijos,
se los llevan, atrevidos,
sin que permiso yo diera
y se los llevan tendidos en maletas
de madera.
¿Por qué, Casimiro?
Dime...
¿Por qué nos tocan a la puerta?

En todo San Isidro el Labrador se escucharon los lamentos por la inocencia de José María de las Vacas.

La joven se encamina a la casa de la madre de Casimiro. Observa la puerta cerrada y las paredes embadurnadas de un rojo graffiti que marca el tiempo de una despedida. Aún con la mochila al hombro enciende su cámara de video y al terminar abandona con prisa el callejón. Piensa que solo queda volver al aeropuerto, pero ignora que su figura se refleja en alguna mirilla de un lente ocular.

La despojan de su cámara de video y de la mochila.

La pólvora iluminó el fecundo suelo de San Isidro el Labrador. Ella era él. Él era ella.

Encuentro

"Vivir en puerto de mar es correr descalza con el salitre entre los pies. Es impregnar la sal en la epidermis", pensó Ella cuando subió al tranvía para visitar su playa. Su playa, asentada entre dos farallones, donde las olas se yerguen como rizos en el aire.

Desnuda de gracia, libre al desafío de las rocas tajadas, salta y se sumerge en la marea.

El agua resbala sin censura por su piel. Ella es pez, no sirena, y con su cuerpo eterniza el perfume de las algas marinas mientras los cobos, pandilleros del océano, iluminan con su armadura de nácar el camino que la conduce al encuentro de su amante.

El peso de una vida

La calle en penumbra conduce al hotel. La tarde bosteza y la noche se arropa entre sus sombras. Los foquitos rojos y amarillos de un lúgubre letrero anuncian el nombre del hotelucho donde pernocto: AICNALUBMA.

Miro de soslayo y perfilo la figura de mi madre mientras limpia la cocina mugrienta. Es insoportable verla golpear la despeluzada escoba sobre el piso. Encorvada, con su cabellera gris, sus pupilas azul celeste y sus regordetas manos. Sorda a mis reclamos, como de costumbre.

El sol quema afuera. Diviso por la ventana que todos tienen la piel curtida. Sin diferenciar edades y orgullosos de sus atributos corpóreos, todos se pasean por aquella playa de arena tan sucia como el piso de la cocina.

Mi madre sigue con su obsesivo fregado mientras yo, sentada en una vieja banqueta de bar, observo cómo rompen las olas en la arena y se mojan los cangrejos y las valvas de las conchas. A lo lejos, un velero exhibe con precisión sus velas.

El olor a desinfectante llega del cuarto de baño. Continúa el aseo, ahora es el turno del inodoro y la bañera.

Rompo la intimidad con mi ventana, pues un ruido llega desde el lado oeste de aquel apartamento de dos cuartos. Alguien introduce la llave en el ojo de la cerradura. "Un error", pienso al ver a dos muchachos hermosísimos en el umbral de la puerta. Dos reproducciones de la mitología griega, al natural en sus escasos veintitrés años.

—¿En qué puedo ayudarlos? —les digo y una sonrisa coqueta aflora a mis labios. Ambos cruzan con asombro sus miradas.

—Aquí tenemos nuestra alcoba —subraya el del cabello rubio y muestra con el dedo índice la habitación donde hay una cama camera.

—Un momento, como broma pasa.

—Señorita —explica el otro, de pecho hermoso y tórax perfecto—, no es una broma, sencillamente usted desconoce las normas de este lugar. Le sugiero que se dirija a la recepción para que le informen mejor.

Dicho esto, entran con su equipaje a la habitación.

Me siento impotente, porque a esta agencia de viajes no se le puede atribuir deberes. Compartir con extraños un mismo lugar es irrisible. Sin pensarlo, salgo dispuesta a encajar la lanza de mi lengua al responsable de mi ira. Al bajar las escaleras todo es confuso. Primero la imagen de un angosto pasaje, que creía pintado de amarillo pálido y ahora lo veo gris y blanco. Las habitaciones se mantienen con las puertas abiertas y por ellas escapa un hedor parecido al éter que utilizo en el hospital.

El enfado y la curiosidad me dominan. Paso a paso examino los cuartos para cerciorarme de lo que allí ocurre.

Sin salir de mi asombro distingo al grupo de personas de diferentes edades que ahora no camina por la playa, sino que se arrastra por los dormitorios en busca de alguna salida que les brinde oxígeno. Me asusto y cierro las puertas rápidamente.

"Deseo irme de aquí", me digo sobresaltada; pero algo me detiene, intuyo que debo proseguir con la investigación.

Una música estridente llega de una radio. Me asomo y veo a un grupo de mujeres y hombres que deliran.

Continúo el camino hacia el lobby en busca de la recepción. Está vacía, no hay nadie. Unos ojos color avellana chocan con mis asustadas pupilas.

—¿Qué busca, doctora? —indaga aquel hombre de delgadez anoréxica.

—Quiero un teléfono, no sé por dónde anda mi celular —respondo.

—En estos momentos no hay.

—Entonces, por favor, dígame dónde se encuentra el manager, me urge hablar con él.

—No sé a lo que usted se refiere, pero si es a la dueña del hotel... —el hombre gira sobre sus talones y mira hacia el centro del salón para mostrarme con el muñón de su brazo izquierdo a una señora que, sentada en una butaca tapizada de raso negro antiguo, domina el sitio.

La grotesca mujer hace señas para que me acerque. No necesito conocerla para comprender quién es. Su porte arrogante, su mirar profundo y su voz diafragmática, ejercen sobre los seres ambulatorios un mandato sin apelaciones.

—¿Qué quieres? —lanza un graznido y mueve con gesto posesivo su bata de percal rojizo. Pega sobre la carcomida baldosa un golpe con el báculo de extrañas figuras talladas en madera y repite—: ¿Qué quieres?

Solo atino a mirar su cuello, arrugado, lleno de gangarrias y con el sonido del cencerro. Una pira de velas coloridas y frutas ya rancias adorna el recinto, es la estampa viva del tiempo que agoniza.

—¡Tú, trepadora, engañosa, los haces títeres de tus supuestos poderes, porque temor o miedo no son más que la forma de dominar voluntades y de la cual sabes muy bien aprovecharte! Pero escucha y aguza el oído —recalco— yo no soy como ellos. Yo estoy libre de ese nefasto ocultismo con el cual pretendes someter a los incautos.

Su báculo se eleva hasta rasgar el cielo raso y luego, con golpes secos en el mosaico, flagela mis palabras. En un visaje ejecutorio pide al hombre manco que llame a las dos muchachas que se encuentran en el comedor.

Ellas visten transparentes túnicas que caen desde los hombros y dejan al descubierto sus gráciles figuras. Me asalta la duda, ¿es imaginación o realidad?

Atrae hacia sí a las dos jóvenes. ¡Endemoniado esperpento de mujer que al contacto con ellas comienza a transformarse en una sensual criatura! Es como la percepción de un aterciopelado cisne que transita por el espejo de un lago. Ahora, dos cautivas osamentas descansan entre sus torneadas piernas.

Se ríe, y su carcajada es un presagio.

—¿No sientes el olor que emana de mis poros? —se acaricia los pechos—. Es el fruto de un invisible tejido epitelial de este cuerpo que proyecta excelsitud.

Advierto que mi corazón se acelera y las pulsaciones amenazan con reventarme las muñecas.

La bruja exhibe su gran estatura y mi reacción no se hace esperar.

—¡Voy a emplazarte con todas mis fuerzas, porque tu obra adversa y abominable no es más que humus sobre la superficie terrestre!

Me arroja escupitajos a la cara. Blasfema, mientras gira y gira en una danza infernal.

—¡Fuera, fuera! —aúlla la alimaña histérica y recupera la postura encorvada de sus años. Al verla, las dos jóvenes corren escaleras arriba.

Un ruido estremece el salón. Escucho alucinantes llamados que anuncian la llegada de un torbellino.

Una sombra sacude mis cabellos y desaparece por las hendiduras de las paredes.

Desde un rincón, el manco tirita como animal asustadizo. Aunque ordenar es una reacción extraña en mí, le exijo que deje de temblar y que busque rápidamente un taxi.

Mi madre se ajusta sus lentes de miope y me examina desde la distancia.

Con voz firme le advierto que nos marcharemos tan pronto hagamos las maletas y el mutilado nos traiga un auto de alquiler para el regreso a casa.

De pie en la acera, cerca de la entrada principal del hotelucho, esperamos impacientes el taxi.

El manco se acerca en un carro destartalado y azul. Logramos acomodarnos. Pone en marcha el vehículo y me pregunta a dónde vamos.

—Por favor ¿a qué distancia está la ciudad más cercana? —le pregunto.

—A dos millas más o menos, allí puede usted tomar un ómnibus, doctora.

—¿Cómo sabes mi profesión? —manifiesto con asombro.

—Por sus documentos, doctora.

—¡Bien atrevido es usted! Le exijo que me diga su nombre.

—Debo ir despacio, los barrancos de la carretera son muy peligrosos.

—No responde usted, señor, mi pregunta.

—Son estrechas y los abismos profundos y negros como pozos, la caída es vertiginosa como el pensamiento... Hay retraso... se avistan muchas ambulancias. Los agentes de la policía acordonan el recodo de la vía, es mejor coger otro sendero, así nos evitamos las demoras.

Pero sus palabras no coinciden con la acción y la curva de la carretera se nos viene encima. Siento lamentos, quejidos de dolor, desesperación. La resistencia humana se agota entre el fango y la arena arcillosa de aquel paraje, donde el atardecer se duerme en los brazos de un cielo despejado.

Como un resorte salto del auto; mi ayuda es imprescindible.

—La graduación está anunciada para dentro de un mes —comento en voz baja—. Ya conformamos un *team* de jóvenes galenos.

La terraza de la residencia de los Ruiz Lazos se ilumina para recibir la llegada de su hija July Andrea, la mayor de la familia y doctora en ginecología.

Fredy Auxinas, especialista en obstetricia y el punto quásar del grupo, nos cuenta picarescos chistes mientras con su gracia de girasol enamorado busca la conquista de su gran príncipe.

La música rap llena los rincones más apartados de la mansión de los Ruiz Lazos. La cantina bar está abierta, con bebidas de exquisito bouquet para ocasión tan especial.

Ralf Loira, el odontólogo, parece un niño juguetón que todavía conserva debajo de la almohada sus primeros dientes de leche para la buena suerte. Con jocosidad, nos relata que él heredó de su tía abuela la decisión de ser un "saca muelas" y prolongar la tradición familiar de gran bailador. Para demostrar lo del baile hace una excelente exhibición con Cecy, la gringa rubia y contadora del equipo.

—El hombro de una mujer no es para lucir solamente un hermoso escote, es un refugio para el silencio —me manifiesta Cecy, más que amiga una hermana, en un momento de sosiego y bajo su personalidad histriónica—. Es el apoyo donde valoramos quiénes somos, apenas dos huérfanas con un mismo dolor.

El chirrido de las gomas del Mazda3 color azul acerado irrumpe en el lugar. Aquel coche retumba como un detonador en las finas maderas del terrado, broma que siempre disfruta el viril Sergio Badía, amante del volante y experto corredor de autos, quien deja en los corazones de los Ruiz Lazos una honda preocupación .

Nos asomamos en la baranda del balcón. Desde las alturas, parecemos pelotitas de colores en el cielo.

—Es importante mi ayuda —repito y salto del vehículo como un resorte. Una suave brisa moja mis sentidos.

El follaje acuna el susurro de las cabezas que, precipitadas, bajan al foso de la consumación. Quedo colgada a merced del tiempo. El trance distorsiona mi realidad en un mundo aparte, entre lo consciente e inconsciente, pero oigo y veo hasta el balbucear último de los vivos.

—No hay sobrevivientes, teniente, el Mazda 3 está completamente destruido.

—Hay que bajar al despeñadero. ¡Muévanse! ¡Muévanse! Traigan los equipos para descender. ¡Rápido, con prisa! ¡No hay tiempo que perder!

 Los paramédicos aguardan al borde del precipicio con las camillas y todo lo imprescindible en estos casos.

"¡Una vive, una vive, una vive una... una... una...!", se escucha el eco.

—Mujer joven, alrededor de los veinticinco años de edad, sin identificación. Contusión cerebral, posición decúbito lateral derecho. El del volante, cercenado. Veo más cuerpos, teniente.

—¿Cuántos cuerpos más?

—Presumiblemente cinco.

La sirena y las luces de la ambulancia no dominan la quebrada.

Un viento agorero zarandea el vehículo, que intenta huir de la cuneta desprovista de brazos protectores.

La inestabilidad de la ambulancia enmudece a los paramédicos, los paraliza, quedan confusos.

—No pasa nada... No pasa nada, tranquilos —repite el chofer con la angustia escondida, pero el viento golpea y ruge con su poder de animal encolerizado.

—¡Ivette... Ivette... Ivette...! —exclama la sombra que cubre todo el contorno de la carretera.

El chofer se abraza al timón y desafía aquella fuerza desconocida que clama con alaridos mi nombre.

—¡Ivette! ¡Ven conmigo, te llevo junto a tus amigos! ¡Ivette, no vas a escapar!

Los paramédicos se acercan, me llevan a la ambulancia y acoplan los equipos a mi cuerpo.

—La lesión en el lóbulo derecho del cerebro es demasiado fuerte —comentan—. No podrá llegar con vida al hospital.

Ellos esperan que de un momento a otro se produzca un derrame cerebral.

Un pasillo de níveas y grises paredes conduce a la puerta. Los apresurados pasos circulan por los corredores. Corren rumores y las batas blancas se mueven en el escenario de un agitado día en el pabellón neurológico.

Un cono de luz cegadora penetra por el ventanal del salón de espera.

Mi cuerpo está inmóvil, sujeto en el éter por los brazos de mis cinco amigos. Mi forma anatómica se desdobla y levito. Un fluido llena todo el espacio y se escucha una canción:

Si me engañas, Destino,
y no me das lo que quiero
abriré las puertas del cielo
con todas sus constelaciones.
 Si me engañas, Destino,
del pecho saltará una grieta,
tinta insoluble del pensamiento.
Pero si no me das lo que quiero
sentencia y ejecución pidiera
y, bajo mis pies, esperaré
a que mueras.

Una onda pujante me despeina. Mi silueta, entre los brazos de mis eternos compañeros, recobra la materia; peregrino símbolo de los que perpetuamente deambulan por los caminos de la muerte.

Un vaho se desprende por los intersticios de los pabellones y una avalancha de espíritus estremece el edificio del hospital.

—¿Quiénes cantan esos versos que con tanto coraje se atreven a desafiarme? —amenaza el esperpento y después se concentra en mi pesencia—. ¡Ivette! ¡Ivette, eres mi energía, mi viviente morada! ¡Ven, acude al llamado de tu ama para que mitigues y sanes este fuego que brota y abrasa mis heridas! —arguye con lastimoso engaño y se retuerce en su enlodado sayo rojizo hasta que estalla y sus esputos se fragmentan en partículas volátiles.

Se abren las puertas del quirófano.

Una silla de ruedas sostiene mi cuerpo iluminado por un haz de luz. Dos manos firmes empujan el peso de una vida.

Acerca de la autora

Teresa Cifuentes Plá nace un cinco de noviembre en La Habana, Cuba. Cursa sus primeros estudios en la provincia de Camagüey donde se gradúa en la Escuela Normal para Maestros.

Sus versos han sido publicados por la revista literaria virtual *Oriflama* en España, y por el Instituto de Cultura Peruana en Miami en el 2007.

Fue finalista en el concurso del 2007 "Noche Soñada" del Centro de Estudios Poéticos en Madrid, España donde aparece publicado su poema "La paloma".

Fue premiada, en el año 2009, en la actividad "Tinta Fresca" de la 26 Feria Internacional del Libro de Miami con su poemario *Una hoja en el tiempo* (Editorial Voces de Hoy, 2009).

En la convocatoria de la Revista *Nagari* (No. 2), que forma parte de Proyecto Setra Inc., colaboró con dos poemas "El parque" y "Retrato".

Participó en el Festival Internacional de Poesía "Grito de Mujer" y recibió un certificado de reconocimiento de la Junta de Comisionados del Condado de Miami Dade.

Seis poemas (*Ónix, Miedo, Lo que queda de mí, La paloma, El cocuyo y El Arcoiris*) y dos cuentos (*Encuentro y El columpio*) forman parte de la Antología "Navegante de palabras" del Club de Literatura de la poeta Francis Arguelles.

También es asidua a la reconocida tertulia de Xiomara Pagés.

Teresa Cifuentes Plá reside actualmente en Miami.

Su e-mail: **teresa1139@bellsouth.net**